KB168495

아버지, 액자는 따스한가요

황금알 시인선 186

아버지, 액자는 따스한가요

초판발행일 | 2018년 11월 30일

지은이 | 박대성
펴낸곳 | 도서출판 황금알
펴낸이 | 金永馥
선정위원 | 김영승 · 마종기 · 유안진 · 이수익
주간 | 김영탁
편집실장 | 조경숙
표지디자인 | 칼라박스
주소 | 03088 서울시 종로구 이화장2길 29-3, 104호(동숭동)
전화 | 02)2275-9171
팩스 | 02)2275-9172
이메일 | tibet21@hanmail.net
홈페이지 | http://goldegg21.com
출판등록 | 2003년 03월 26일(제300-2003-230호)

ⓒ2018 박대성 & Gold Egg Publishing Company Printed in Korea

값은 뒤표지에 있습니다.

ISBN 979-11-89205-22-5-03810

아버지, 액자는 따스한가요

박대성 시집

황금알

시를 쓰는 사람들은 많은데

시를 읽는 사람들이 적다

시 말고도 그 무엇이 있다는 말인데

그것이 무엇인지 궁금하다

도대체 시를 대신하고 있는 것이 무엇이란 말인가

차 례

1부 아버지

밟았을 때 · 12

아버지, 액자는 따스한가요 · 13

동창회 총무 금장부 씨에게 · 14

하옥河屋 · 16

꽃은 제 이름을 어디에 버리는가 · 17

장미 · 18

깊은 수저 · 20

명태 · 22

트럭을 앞지르지 마세요 · 24

벌과의 동행 · 26

뼈룽지 · 27

달력을 얻으러 다니던 시절이 있었다 · 28

들국화 · 30

다림선 위를 걷는 사람 · 32

참 좋은 아저씨였다 · 34

마술사 유 씨 · 36

붉은 골목 · 37

서울이라는 시간 · 38

우리 모두 서울에 친척이 있다 · 40

2부 어머니

첫 밥 · 44

밥 · 46

주금週金 · 47

붉은 명란 · 48

꿀의 껍질을 벗기는 여인들 · 50

마주 본다는 것 · 52

원경原景 · 53

씨앗 근처에 가 본 적 있다 · 54

너무 달콤해서 · 56

남아 주던 사람 · 57

코끼리가 될 것 같은 여자 · 58

좋은 앞은 모서리가 없다 · 59

수선집 · 60

청동거울 · 61

안티푸라민에 관한 추억 · 62

한식 즈음 · 64

감 · 65

원산폭격 · 66

손 · 67

3부 이웃들

수건 · 70

어깨와 턱 · 71

도서관의 가을 · 72

Miss 실리카 겔 · 74

이 자루를 맡기신 데에는 · 76

달려왔으나 · 78

첫 키스 · 80

손의 소망 · 81

DMZ의 가정방문 · 82

영랑호에서 · 84

대포 고개를 넘으며 · 86

동명동 터미널 아리아 · 88

화진포 안개 · 90

두 얼룩 · 92

어느 경로당의 입춘대길立春大吉 · 94

살구 · 95

얼음이 강바닥부터 언다면 · 96

매형 · 98

사랑 · 99

옆이라는 무덤 · 100

바다 바라보는 법 · 102

저녁의 일 · 104

저녁을 보았습니까 · 106

4부 우리들

신대륙 '아침 9시' · 110

이름을 써내며 · 111

하이힐 · 112

6월 수첩 · 114

철모 · 116

총소리를 녹음하다 · 117

송해 씨 덕분에 · 118

잡담의 경계 · 120

옷 이야기 하나 · 121

손톱 · 122

부상이라는 말 · 123

솔개 · 124

가자미 · 125

깍두기 · 126

심장心葬 · 127

진달래 · 128

Sweet치齒 · 130

■ 해설 | 권온
'사람'에 대한, '삶'에 관한, '사랑'을 향한 시 · 134

1부

아버지

밟았을 때

밥풀을 밟았다
미끈, 물큰, 그저 만만히 밟히는 밥풀
납작해진 밥풀이 다시 원래의 모양을 고집하지는 않았다
눌리킨 대로 그대로 누름을 받아들일 뿐인

늦은 하루에서 돌아오는 아버지의 허리를
꾹꾹 밟아드리다가 물큰
속살을 밟은 느낌
사람을 밟은 느낌

희미하나마 저항은커녕
밟으면 밟힌 대로 시원하다고 하시던 아버지가
늦은 저녁이면 돌아오곤 했다
납작한 밥풀 하나가 걸어 들어 오곤 했다

아버지, 액자는 따스한가요

집이 좁았다
삼 형제가 여섯이 되고 여섯이 다시 불어 열둘이 되는
건 행복한 인구론이다
명절이 되면 집이 부었다 막걸리를 받은 증편이 불듯
집이 부어올랐다
아버지도 부어올랐다
세상의 포화에 당당히 맞서던 아버지
아버지는 부어오른 참호였다

집이 좁았다
부어오르던 아버지가 서둘러 액자로 들어가셨다
창 하나로 지은 아버지의 집이 경중 허공에 걸렸다
그 공중의 망루가 마음에 드시는지 연신 웃으신다
아버지가 비운 자리는 고스톱판이 윷판이 서고 둥근
술상이 놓이기도 한다
망루에서 내려온 아버지가 다시 도리도리 곤지곤지를
배우는 사이 애기똥풀이 피었다 진다

참 넓고 깊은 아버지의 자리
아버지, 액자는 따스한가요?

동창회 총무 금장부 씨에게

당신은 청첩의 장미
예식장도 허니문도
망년회도 저승길도 전화 한 통이면 되는

선거 때는 담장 위 장미 넌출이 되고
지난 등산에서는 발목 삔 절벽을 짊어지고 오시더니
이번 체육대회에서는 전기장판 타게 해주던 당신
우리들의 사랑스런 총무 금장부 씨

귀로의 어깨 위로 달빛같이 손 얹어 주는 당신
우리들의 건망과 외상의 알리바이인 당신
달리는 버스도 세우고 제왕처럼 볼일을 보게 해주는
당신
애창곡은 언제나 양보하는 당신

망자가 남긴 이승의 판을 막힘없이 돌리기 위하여
딸랑딸랑
잔돈을 바꾸어 오는 당신

그간 참 애쓰셨습니다만
다시 한 번 유임을 청합니다

하옥 河屋

발뒤꿈치에 아버지가 집을 짓는다
누대에 거쳐 아버지는 그 아버지로부터
이어받은 둥근 물집 공법으로
못과 망치, 삽들이 내는 초유를 모아
집을 짓는다

아버지는 가족을 내다보기 좋은
투명한 창으로 볕을 불러 떡을 굳힌다
기왓장 같은 구들장 같은 그 절편들은
한 켜 한 켜 일어나
어둠도 한기도 아늑한 명절

아버지는 조금 더 나은 조망의 평지를 찾아
다시 집을 짓는다
손바닥 위, 다시 집을 짓는다
물의 집

말랑하고 투명한
아버지의
감옥

꽃은 제 이름을 어디에 버리는가

벚, 벚이다
아, 버지다
활짝 핀 아버지들이 날아간다

아버지들의 아침은 저 분분한 꽃잎 같아
흰 북소리 같아
일제히 날아오르며 북소리가 되는 아버지들

희디흰 와이셔츠를 입은 아버지들이
미미한 얼룩으로도 남지 않을 자신들의 이름을
저리 내다 버리는 일을 목격한다

연분홍 꽃무늬 고삐
그 목에 맨 줄이 빛나고 빛나도록
희디흰 와이셔츠를 차려입은 나의 아버지들이
눈부시게 날아가는 봄날의 아침

가뭇한 지구의 저쪽으로
하분분 흩날려 가는 아버지들
아, 어디로들 가시는 걸까

장미

꽃 중의 꽃이라는 까닭으로 복제, 가장 많이 복제되는
꽃
나 아닌 다른 기쁨을 위해 세상 곳곳으로 배달되는
장미의 전설

쏘아보는 적으로부터 자신을 숨기기 위해
자신을 복제하여 위장한다는 어느 나라 대통령처럼
유월의 녹음으로 잦아드는 붉은 아버지

어머니는
유월 상잔의 전설 속으로 아버지를 만나러 가곤 했다
아버지는 다른 아버지들을 향해 총을 겨누다
자신 두 팔 벌려 총에 맞았다 한다
장렬한 붉음
아버지가 쓰러지며 휘젓던 팔을 어머니는 간직한다

봄이면 어머니는 아버지의 야윈 팔을 파종한다
떨기떨기 자라는 아버지
잘 자라는 아버지

아버지는 자신을 복제한다
가족의 안부가 궁금한 아버지들
길과 울을 따라 돈다
계절이 다 가도록 돌고 도는
붉은 아버지들

깊은 수저

먹이를 손으로 집지 않고
수저를 부리는 건 사람밖에 없다

비리고 시고 뜨겁고 찬 것들을 향해
내리꽂히는
수저

쓰고 짜고 매운 것들을 향해
달리는 폭주열차

단 한 번도 나를 반항하지 않고
나를 향해 달리던 아버지

수저는 쇠가 아니다
소다

한 마리 소를
핥아먹고 으깨 먹는
내가 쇠다

두들겨 펴면 깡통 하나쯤 되는 쇠다

명태

명태는 바다
명오, 양길이, 상철이처럼
돌아오지 않는 파도의 이름이다

명태는 사랑
사랑은 미끼를 두려워하지 않는다

미끼를 재우는 엄동의 해안
창난 명란 추리는 누이의 언 볼로
곤지 서거리 삭히는 어머니의 언 손으로 온다

북어, 먹태, 흑태, 황태, 은어받이, 동지받이……
백설 분분한 산기슭에
고드름으로 매달리던 아버지

죄 없는 팔다리가 어쩌면 저다지 꺽태의 형상인지
죄 많은 내가 보아야 안다

아직도 해안을 서성이며

나 같은 미끼를 두려워하지 않는 사람

아버지

트럭을 앞지르지 마세요

트럭을 앞지르지 마세요
등짐 지던, 목도 메던 아버지가
천천히 걷고 계시네요
아직도 걷고 계시네요

뉘엿뉘엿 해가 지려니
속도를 내십니다
조금 달리시려나 봅니다

밤새 또
그 길을 걸으시겠지요

업은 짐들 무료할까
덜컹덜컹 출렁출렁
커브를 돌 때면 한껏 목청 돋운
애창곡 두어 소절
부릉 부릉 부르릉

실려 가는 짐들

단디 맘먹으라고
단디단디 맘먹으라고

실려 가는 짐들에게 불러주는
아버지의 노래를
앞지르지 마세요

벌과의 동행

버스를 탔다 우연히 동승한 벌 한 마리를 본다
벌도 가야 할 곳이 있나?
궁금하다
갇힌 벌이 안쓰러워 창문을 활짝 연다
그러나 내 마음 모르는 체 밖으로 나가지 않는 벌

순간 기쁨 인다
벌은 나를 인연이라 여기는 걸까? 인연?
버스 안에서 나는 벌과 나란히 앉는다

벌이 말한다
사람에게도 꿀이 있다고, 꿀 같은 사람 있다고
그 사람의 꿀을 얻기 위해 자신은 수행 중이라고

나는 은근히 벌에게 아부하고 싶은 마음이 생긴다
내 몸 어디라도 촉수를 꽂아도 좋다고 생각한다
그러나
점점 커지는 내 마음을 알아챘는지 벌은
무섭게 달리는 차창 밖으로 몸을 날린다
나는 또 하나의 동행을 잃는다

뼈룽지

뾰루지, 뾰두라지 아니고 누룽지도 아닌 이것은 뼈룽지
생선의 덤으로 따라오는
생선 가운데를 가르면 너부렁넓적 펼쳐지는 바다의
속살

갈라진 한쪽에 뼈인 듯 살인 듯
누룽지를 솥이끼라 부르듯 살이끼는 아니고 칼이끼는
더더욱 아닌
뼈에 얄프리 얄프랑 남은 뼈룽지를 아버지가 드셨지
그 자반고등어, 임연수의 뼈룽지를 아버지가 드셨지

달력을 얻으러 다니던 시절이 있었다

　연말이면 아버지는 은행, 약국, 백화점을 돌며 달력을
얻으러 다녔다
　마치 자신이 주문한 물건을 찾으러 다니는 사람처럼
의기양양
　때 묻지 않은 시간을 찾으러 다녔다
　하지만 아버지가 얻고픈 시간들은 쇼윈도에서 반짝일
뿐
　얻어 올 수 없었다
　단골이 아니라는 까닭이었다

　아버지가 얻어 오는 것은
　참이슬, 처음처럼 같은 술 회사나 잡화점 달력들이었다
　때문이었는지 집은 늘 시끌벅적 시장통 같았다
　달력들은 사시사철 꽃바람 비키니를 입고 가족들을 응
원하였다
　덕분에 식구들은 무럭무럭 가족이 되었다

　아버지가 얻어온 달력들이 벽에 걸리면
　집은 방금 도배를 마친 것처럼 화사해지고

식구들의 눈동자는 네온사인처럼 반짝였다

찬바람이 불면 아버지는 달력을 얻으러 다녔다

들국화

늦가을 아침
허릅숭이 아버지가 대문을 나설 때
어머니가 깨어 주는 날달걀 하나
날아오르라고 제발 좀 날아오르라고
저어주던 노란 달걀

그제야 무엇에든 덤벼드는 아버지
껍질을 깨고
뛰어내리는 아버지
그러나 뜨거운 프라이팬이 그리 만만하신가?

몸 한 번 써보지 못하고
힘 한 번 써보지 못하고
하얗게 노랗게 꽃이 되는
아버지

등 떠밀어 보내기 좋은 날
볕 좋은 가을날
모든 꽃들 다 지고 나서야

그제야
희고 노랗게 피는
게으른 아버지들

다림선 위를 걷는 사람

아침마다 다리가 넷 되는 종족
짐승이 아니고도 그런 종족을 본다

두 다리에 꼿꼿 줄을 그어
자신 천길 벼랑 위로 올라서는 사람

몸의 어디에서 저리 시퍼런 강철이 나오는지
알고 싶은 아침이 있다

낮,
어딜 그렇게 낮고 낮은 데로 조심조심 다녔는지
대낮,
낮 중에서도 가장 깊은 거기를 어떻게 빠져나왔는지
휘청거리는 저녁

무참히 덤벼든 구김과 얼룩들을
땀들이 바늘 되어
뚝뚝 박아 넣었을

강철도 녹아내릴 대낮을 건너온
저 사람의 하루가 궁금한 저녁이 있다

참 좋은 아저씨였다

생각해 보니 참 좋은 아저씨였다
아버지 심부름으로 그 빌딩에 갔는데
그 커다란 문을 열었는데
그 아저씨만 찾으면, 아저씨만 만나면 모든 게 좋아질
것 같아
……
아저씨는 그저 묵묵히 내 말을 들어주었다
그리고 사무실 밖까지 따라 나와 어깨를 툭툭 쳐주며
'그래……' 그것이 전부였다
아버지 돌아가시고 몇 번은 더 그 아저씨를 찾아갔다
그때마다
'툭툭, 그래……'가 전부였다
이후 내게는 아저씨를 찾아가는 비법이 생겼다
비법이란 그저 그 아저씨를 찾아가는 것일 뿐
아저씨는 변함없이 '툭툭, 그래……'였다

내게도 가끔은 누군가 찾아온다
나도 '툭툭, 그래……'한다

어쩌겠는가, 기대도 낙심도 말라는
'툭툭, 그래⋯⋯'라는 말 밖에는

누군가를 찾아가 본다는 거
그것만으로도 희망이 되기도 하니까

'툭툭, 그래⋯⋯'
참 좋은 아저씨였다

마술사 유 씨

비닐하우스 안을 들여다보았다
학교 뒤편, 온실이랄 수도 없는 자그만 비닐 방에 겨
울 해를 모아
화초를 기르는 유 씨
촉탁, 사환, 급사, 소사의 시대를 무사히 건너온 유 씨
교장선생님 축하분이 단 한 번 꽃을 피우고는 도무지
묵묵부답이라며 뿌리째 뽑아
허공에 겅중 매달아 두었다
나는 왜 땅에 묻어주지 않고 저리 말려 죽이느냐고 물
었다
유 씨는 빙글빙글 웃더니
지갑에서 이불바늘 같은 장침을 꺼내어 호접란의 허리
에 침을 놓았다
따끔한지 호접란이 흔들렸다
"따끔한 침은 거름이 되기도 하지요 이래놔야 애가 죽
지 않고 봄에 꽃을 피운다우…"
겅중 허공에 매달린 식물의 해골을 보며, 거기서 나비
같은 꽃이 핀다면
그것은 유 씨의 마술이겠다 생각했다

붉은 골목

골목이 붉다
새벽어둠을
한 삽 한 삽 떠 나간 무릎들이
터덜, 돌아오는 골목

아무 죄도 없는데
매복하듯 숨어 돌아오는 골목
야전 삽자루같이
꺾여, 돌아오는 골목
가뭇한 통증이 붉다

시린 무릎들이
터덜, 돌아오는 골목

통증의 전류가 돌며
켜는 백열등
어둔 골목이 붉다

서울이라는 시간

무작정 서울에 내리는 것이 열여섯뿐이겠는가
무엇을 가지고 왔느냐 물어서
보시다시피 맨몸이라 했다
아는 사람은 있냐고 해서 고개를 저었다

서울역을 맴돌았다
차들도 빙글빙글 돌아 주었다

정오를 지난 시침이 뚜걱 고개를 떨구면
분침 시침들이 재빠르게 그 주위를 돌았다
만개한 복사꽃 살구꽃밭 위를 나는 벌들처럼
시침은 옹립당한 제왕처럼 사랑을 누렸다
분침과 시침의 눈부신 사랑으로 서울은 살쪘다

밥은 남대문에 옷은 동대문에 넘쳐났다
시계를 쳐다볼 때마다 허기가 졌다

제왕이 뒤로 돌아갈 수 없음을 받아들인 것처럼
나도 허기를 받아들였다

시침과 나는 서울역과 남대문을 벗어나지 못하였다
남산에 가보지 못했다
인천은커녕 영등포에 가보지도 못했다

명동 뒷골목 지하에서 반지하로 옥탑방으로 꽃밭을 날
랐다
철없이 진달래 개나리가 피었다

서울은 갈수록 튼튼해지고 나는 늙었다
옷도 밥도 더는 필요 없을 때 서울이 내게 물었다

서울에는 왜 왔느냐고

우리 모두 서울에 친척이 있다

우리 모두 서울에 친척이 있다
문득 찾아가도 반겨줄 서울사람 있다
혈혈 찾아가도
훌훌 옷 벗어 줄 사람 있다

오래전 중심을 찾아 떠난 사람들이
서울에 산다

가끔 그들이 내려와
그들이 찾아냈다는
을지로, 명동, 광화문을 보여주기도 하는데
그것이 실물인지 모형인지 묻고 싶지만
차마 그럴 수는 없는 일이다

지금쯤
그들이 중심을 찾았는지
초인종을 눌러보고 싶을 때가 있다

중심이 무엇인지

그들의 이야기를 들어보고 싶을 때가 있다

우리 모두 서울에 친척이 있다
불러내어 따끈한 국밥 한 그릇 말아 주고픈
서울사람들이 있다

$2_\text{부}$

어머니

첫 밥

아이의 입에서 그만
젖을 떼려는 엄마가
아이 입에 밥을 물린다

자, 이렇게 해 보렴
아, 아
엄마의 입에서 예쁜 동그라미가 굴러 나온다

밥이란 이렇게 예쁜 동그라미
동글동글 달리는 동그라미란다
자, 이렇게
아, 아

첫 밥을 물리는 엄마는
세상에서 가장 큰 동그라미를 만들어
따라 해 보라 한다

아, 아
아이가 동그라미를 그린다

세상에서 가장 예쁜 동그라미 둘이
뜬다
밥의 첫 길이 동그랗게
뜬다

밥

약을 먹으려는데
먼저
밥을 먹어야 한답니다

약은 혼자서 먼 길을 가기 힘드니까
밥이 데려가야 한답니다

몸은 아득한 우주 같아서
약 홀로는 멀고 먼 길을 못 간다고 합니다

아득한 우주에서
길을 잃지 않고 아픈 데를 찾아갈 수 있는 것은
밥뿐이라고 합니다

주금週金

어머니는 남들처럼 그 계에 들었다
한 번 들면 결코 나올 수 없는 계
'자식을 세상에 내놓은 계'
골목골목 동네 사람들도 자식을 내어놓고는
주저 없이 그 계에 들었다
그리고 매달 곗주금을 내야 했다

주금이 밀리면 어머니가 힘들어했다
마치 큰 죄를 지은 죄인인 양
꼬박꼬박 그 주금을 물었다

그렇게 어머니는
가진 모든 것을 내놓았다

그리고 마침내
내놓을 것이 없게 된 어머니는
주금과 꼭 같은 그것을 내놓으셨다

마지막까지 피하지 않으시고
마지막 주금을 물으셨다

붉은 명란

저 얌전한 주머니에는 무엇이 들었을까?
부풀어 오른 것이 마냥 부끄러운
나를 낳고도 아무런 훈장도 없이 폭삭한
어머니의 민 젖 같은
명란 한 쪽

생명을 담은, 저렇게 허름한 주머니를 본 적 없다
바닷가 사람들은 저 주머니로 젓을 담근다

젓의 젖
젖의 젓

소금과 고춧가루 받은 알들은 바다에서 왔음을 침묵한
다
수백만 바다가 쏟아져 나올 것도 침묵한다
그 침묵의 속내가 훤히 들여다보여 더욱 붉다

언제쯤 저 얄캉한 주머니에서 복사꽃 파도가 터질까?
숨죽인 바다의 심장

바닷가 사람들은 그 붉은 침묵을 흰 밥에 으깬다
밥 꽃이 핀다

활짝, 복사꽃이 핀다

꿀의 껍질을 벗기는 여인들

봄비 내리는 시장통
차일 아래 담요는 동전 내기로 짤짤 끓고
설, 보름 지나도록 팔리지 않는 과일들을
화투판에 내는 여인들

삭아 내리는 과일 패를 쓱쓱 문질러 펴는 여인들
쪼글쪼글 사과
짓무른 배
곰팡이 감귤
깜장 바나나를 닦고 문질러 돌리니

청단 홍단에
고도리 쓰리고가 터지는데

부축도 구완도 할 수 없이 주저앉은 홍시 하나
홍시 안타까워 살금살금 돌려 보는데
손 덴 자리마다
꿀 사태

50

여인들의 손이
벌 나빈 줄 알고
무장무장 터지는
꿀 사태

마주 본다는 것

사람은 짐승과 달리
젖을 물리며 얼굴을 마주한다

서로 바라보며
나는 너의 숭고한 어미란다
나는 당신의 거룩한 새끼랍니다
어미의 젖은 뜨거운 분수처럼 솟는다

그러나 짐승들은
젖을 내어 줄 뿐 눈을 마주치지 않는다

그렇게 마주 보지 않아서 짐승은 제 새끼를 버리지 않
는다
마주 보지 않아도 더 큰 사랑이기에
마주 보지 않아도 서로를 버리지 않는다

마주 본다는 것은 어쩌면
등을 돌릴 수 있다는
서늘한 전제이기도 하다

원경原景

집이 좁았다
원경原景, 나를 잉태하는 모습을 보았다

고단하였으나
아버지 어머니는 밤마다 나를 만들었다
단칸방으로 파도와 별들이 밀려오면
나와 동생들이 둥실둥실 태어났다

고단하면 할수록
아버지 어머니는 서로를 뜨겁게 안아 주었다
단칸방은 파도와 별들로 가득했다

참을 수 없는 파도들이
밤마다 별빛을 낳았다

나는 그 단칸의 우주에서
그 우주의 일을
한동안 보았다

씨앗 근처에 가 본 적 있다

씨앗 근처에 가 본 적 있다
씨앗은 어디서 왔나
어떻게 다디단 열매가 되나? 궁금했다

배를 깎으며 아주 깊은 데까지 갔다
씨앗은 단맛 뒤에서 신맛을 덮고 있었다

씨앗은 실까? 달까?
궁금해서 깨물었다
쓰고 아렸다
약이 되는 것들처럼

깊고 깊은 데서 반짝이는 별빛
씨앗은 아릿한 별빛
별빛이 씨앗을 품고 있었다

어머니가 시큼해졌다
쉰밥처럼
단맛들은 어디로 갔을까

헐렁한 별의 쉰내

어머니가 씨앗이 되고 있다
이 씨앗이 자라 무엇이 될까?

깊고 깊은
이 별을 어떻게 해야 하나?

너무 달콤해서

과일 중에 칼 없이 먹을 수 있는
껍질째 달려드는
급하고도 급한
아주 멀리서부터 발가벗고 오는

무작정 덤비는
덤비고 보는
딸기 체리 포도…
어머니 같은

남아 주던 사람

그가 남아 주었다
그때 자리에 그가 남아 주었다

눈도 등도 너누룩한 사람이
우리들을 배웅해 주었다

모임이 끝나면
그가 언제 따라 왔는지
남은 음식을 치우고
그릇을 닦았다

세상의 잔치에 등 떠밀어 보내고는
그는 늘 그때 거기 남아 주었다

코끼리가 될 것 같은 여자

식사를 마치고 거울을 찾는 여자
세상의 거울은 어딜 갔나?
망설임 없이 유리창으로 입을 여는 여자
크게, 아주 크게 열어젖히는 여자

유리창에서 반짝이는 상아들
상아들아, 성큼 자라 밀림으로 가자
상아를 닦고 기름칠하는 여자

여자가 서둘러 코끼리가 될 것 같아
웅성거리는 밀림
서둘러 여자가 코끼리가 될 것 같아
고요해지는 밀림

여자가 상아를 핸드백에 넣으면
반짝,
따라 들어가는 밀림
따라 들어가는 웅성
따라 들어가는 고요

좋은 앞은 모서리가 없다

날금날금 바랜 내복의 앞뒤를 돌려 입으신 어머니가
'등이 목을 조인다'며 거북해 하신다
요즘 들어 자주 그러신다
어머니의 등은 왜 이즈음 앞으로 나오려는 걸까?

나는 어머니의 둥근 등을 보며
앞은 본디 돌출된 것이 아니라 저리 휜 등 같지 않았을
까?
  생각해 본다

언제부터 우리는 몸을 앞뒤 위아래로 갈라놓고는
모서리들을 모두 앞으로 냈을까
생각해 보다가

진정 어머니쯤 되면 그쯤이면
밋밋한 등이 앞으로 와도 좋겠다고 생각해 본다

수선집

정겨운 이웃들이 궁금한 소식들을 보퉁이에 담아 보냅
니다
앞서가는 계절의 깃을 달아 보내기도 하고
지난 계절을 잠 깨워 가기도 합니다

섶섶에 묻어온 향긋한 피로와
땀으로 얼룩진 소망의 연흔들
보드랍게 풀려나간 욕망의 실밥들을 맡겨두고 갑니다
털어내고 지우고, 펴고 접고, 줄이고 늘이고, 이어 붙
여야 하는
나른한 소식들이
따갑게 쪼아대는 재봉틀에 붙들려 한 땀 한 땀 다시 일
어섭니다

생살이 미도록 해어진 그리움 하나
누가 이 그리움의 솔기를 미어 놓았을까
튼튼하고 곱다란 사랑 조각 찾아내어 기워줍니다

청동거울

늙은 어머니가 신문명 하나를 만났습니다
호랑이 털보다 무서운 디지털과 맞닥뜨렸습니다
새 티브이를 넣어 드렸더니 좋아라시며 윤이 나도록
닦으셨지요
리모컨을 잘 사용할 줄 모르는 어머니는 화면만 닦으
셨습니다
화면에 어머니 얼굴이 비쳤을 테고
청동거울을 처음 만난 원시여자처럼 어머니는
그 거울을 어떻게 닦아야 연속극이 나오는지
궁금해하셨을 겁니다
계다, 회다, 모임이다 집을 비웠다 돌아오면
험한 바깥을 잘 다녀왔냐며
청동거울 속의 원시여자가
그냥 쓱 웃어줍니다

안티푸라민에 관한 추억

그때 우리의 화단에 자라던 우리들의 말들은
푸른 잔디였을까?
초롱한 이슬이었을까?

하고픈 말들이 많아서 아팠던
화단 가득 꽈리같이 돋던 말의 물집들
뱉어 놓으면 나비 되어 날아가던

아가야, 말이 고단해져서는 안 된단다……
발라주시던 안티프라민

입가에 흐르다 잔디 씨 같이 맺히던 말들
채송화, 분꽃 씨처럼
따끔따끔 영글던 꽃씨들

무명 손수건 같은 사람이
입가에 진액을 닦아주던

입안이 환해지던

몸 안이 환해지던

우리 무엇이 되려 하는 것을
중얼거리기만 해도
환해지던……

한식 즈음

바이올린 소리 같은 날이다
어머니는 벽에 여투었던 껌을 씹고 계신다
늦은 부엌문을 열 때도 어머니는 껌을 씹고 계셨다
돼지고기를 볶은 어머니는 벌써
어머니 몫을 다 드셨다는 것을 알리기 위해 껌을 씹으
셨다
어두운 골목을 공연히 돌아오는 그림자 한 소절
어머니의 저녁 소풍이다

민들레 제비꽃
봄 뜨락은 어머니가 껌을 붙여두시던 꽃무늬 벽지
어머니는 어떻게 빈 입으로 봄을 불렀을까
어머니는 염소처럼 뜰을 돌며
봄을 키웠다
무럭무럭 바이올린 소리가 자랐다

감

아내는 둥근 엉덩이를 부풀려 감나무 아래 앉는다
남자들처럼 서서 볼일을 볼 수 없다는 것에 단 한 번도
의혹을 가지지 않은
순수의 물이 아내에게서 흘러나왔다
그 물이 스미자 감꽃이 피었다
의혹이 없는 꽃들은 치장도 없이 잠깐 피었다 툭툭 져
내렸다
꽃 진 자리에 감이 달렸다
달린 감들은 모두 아내의 궁둥이를 닮았다
치장보다는 맘껏 몸을 부풀린 기지개나 하품 같은 것들
익는다는 것은 저렇게 아무 걱정 없이 앉는 일
제자리에 앉는 일
달게 익는 것들 중에 둥글지 않은 것이 없는 연유다

원산폭격

아내는 바닥이 보이는 스킨로션을 두들긴다
병이 제 몸을 비틀고 짜내어 아내가 원하는 만큼의
로션을 내어준다
병의 진액을 펴 바르고 씽긋 웃는 아내
만만치 않은 마누라다
그러기를 며칠 더
새벽부터 아내는 가진 것을 마저 내놓으라며 병을
거꾸로 세웠다
원산폭격이다
온종일 거꾸로 서 있던 병이 우윳빛 진액을 퍼붓는다
눈 깜짝하지 않고 병의 포화를 얼굴로 받는 아내
참 힘센 마누라다

손

예수는 양팔 벌려 두 손을 한껏 펼치셨다
성모는 두 손을 가슴에 모으시길 잘하셨다
부처는 두 손이 두려워 옷을 입지 않으신다

어머니는
내 몸을 디자인하시며
두 손을 그곳에 두라고 하셨는데

나 그곳이 어딘지 아직 몰라
땅에게 묻고 흙에게도 묻는다

새벽별에도 늦은 골목에도 묻는다
파도에게 밧줄에게도 묻는다

목장갑에게 묻고 도마에게도 묻는다
그곳이 어딘지 알고 싶은 거다

3부

이웃들

수건

저 천
저 헝겊
저 무명의 피륙 한 조각도
오욕에 불타는지

내 몸 발가벗기고 구석구석 핥는다
하루도 쉬지 않고
나를 벗겨 나를 탐하는

저 한 조각
헝겊

어깨와 턱

어깨가 턱에게 말합니다

힘들지, 많이 힘들지
너를 내게 올려 봐
내게 너를 올려 봐

턱이 어깨에게 말합니다

많이 힘들지, 많이 힘들었지
가까이 와
여기 여기까지

둘이 서로를 안아줍니다
꼬옥, 안아줍니다

도서관의 가을

흡연구역 등나무 아래 두 사람

어제는 왜 안 왔어요?
······ 그냥 ······
······

이번에 무슨 시험 봐요? 복지사? 지도사?
······ 그냥 ······
······

한 사람, 주머니에서 믹스 커피 두 봉을 꺼내 놓고
물 뜨러 간다
남은 사람, 배낭 안에서 얼룩진 종이컵을 꺼낸다

······
쭈욱, 9급 해왔잖아요
······ 그냥 ······
······

지난번 보건소 알바 나갔을 때 소장님 참 고마웠어요

된장찌개 먹었어요
나도 한 번 얻어먹었는데……
김치 맛도 좋았어요
……

세수 안 했어요?
…… 그냥 ……

바람이 불자 등나무 이파리
두 사람 어깨로 떨어진다

Miss 실리카 겔

함부로 궁궐을 나올 수 없는 실리
실리는 눈물을 모으네
눈물방울 실리

궁궐의 초콜릿, 사탕, 비스킷들이 쏟아낸 기꺼움을
모아 이룬 결정
언젠가 자신이 마시려는 익사량의 눈물방울 실리

나 아니 다른 이의 눈물은 왜 단지?
바스락
묻는 실리

바스락 소리에 세상 울음이 멈추는 까닭을 알겠네
사탕, 초콜릿, 비스킷들의 달콤함도 알겠네

언젠가 실리가 궁궐을 나와 서성이는 것을 보았네
소리치는 궁궐
자신이 잠길 눈물을 마시는 실리를 보았네
작아지다 끝내 사라지는 궁궐을 보았네

울음을 멈추어라, 실리
돌아오라, 실리
실리카 겔

이 자루를 맡기신 데에는

이 몸뚱이를
무엇을 담으라고 맡기셨는지요

당신이 보내시는 것이라면
그 무엇이라도 선물이라 여겨
담으라는 말씀인지요

당신이 보내신 것들
이렇게 고스란히 받아
이제 당신의 곳간이 되었습니다

아직 자루가 헐렁한 걸 보니
배달되어야 할 소포가 많은가 봅니다

수취거절을 해서는 안 된다는 것을 압니다
내가 받지 않으면
내 사랑하는 이들에게 배달될지도 몰라
덥석, 오늘 아침 또 하나 받습니다

참을 수 없는
쓰라림, 가려움들

오늘 아침도
자루의 입을 크게 열어
덥석, 받습니다

달려왔으나

달려왔으나
아득했다

바람이 불자
모래들이 날아오르다 미끄러지기도 했지만
쌓인 순서는 바뀌지 않았다

바다에 들어간 모래들은
갈매기가 되고
물고기가 되었다

배들은 구름
하늘과 바람 같았다
모래들이 배를 따라다녔다

이상한 일이다
모래들이 다시 꿈을 꾸는 걸까
이상한 순서이다

달려오는 모래들은 이 사실을 알까
달려왔으나
아직 뒤에 있다

바다가 보여도 아직 뒤다
입이 마르자 슬쩍 파도가 밀려 왔다

발자국들이 있었는데
그 누구도 발자국에 관해
이야기하지 않았다

첫 키스

원시, 아득한 원시
사냥에서 돌아오는 남자의
빈손으로 돌아오는 남자의
독식을 검사하는 일

빈손으로 돌아온 남자에게
혀를 넣어
식사의 흔적을 찾아내는 일

독식의 향기를 맡아 보는 일

손의 소망

손이 가장 하고 싶은 일은
쥐고 만지는 일이 아니다

허공에 자신을 두고 싶은 거다
새처럼 구름처럼
내리는 비처럼

무한 허공
자신이 원하는 자리에 있고 싶은 거다

이리 오라는, 다시 만나자는
손짓들처럼

눈부시다, 너무 좋다는 손짓들처럼

간절한 말들은 대부분
허공에 있다

손은
그 간절한 자리에 있고 싶은 거다

DMZ의 가정방문

새 학기를 맞아 가정방문을 갔습니다

철통리에 사는 2학년, 3학년 연년생이라 담임 둘도 연년생처럼 오손도손 갔습니다

철통리는 휴전선 아래 작은 마을입니다

명파리, 배봉리, 마달리, 산학리를 돌아갔습니다

바람도 개울도 느릿느릿 북쪽으로 흐르는 길을 조금 더 따라갔습니다

어제 눈이 내려 낙숫물 똑똑 떨어지는 처마 밑에서 아이들의 아버지를 기다립니다

터알, 추레한 배춧잎 사이로 신비한 노랑이 언뜻 거립니다

어미 닭 마실 보낸 햇병아리들 같습니다

이 작은 동네에서도 사람이 죽는지 초상집에서 낮술 거나해진 봉두난발의 사내가 터덜터덜 집으로 옵니다

'선생들이 왜 왔느냐, 안으로 들어가자, 커피라도 한 잔 탈까' 묻지도 않습니다

낮술 몇 잔에 기꺼이 상주 역을 자처했을 남자가 문상객도 곡도 없는 상가를 잠깐 비웠을 겁니다

어떤 짐승의 가죽인지 참 오래도록 남자의 허리를 동이고 있는 허리띠 너머

겨울 건넌 앙고라 내복이 폭삭 주저앉은 배춧잎 같습니다

'그저 내 새끼라, 생각하고 갈켜주면 고맙겠소'

이 마을은 바람도 배추도 모두 아이들을 돌보는 손길 같습니다

잔설 사이로 연노랑 봄동이 방긋 웃습니다

음복술 한잔 마시고 싶습니다

영랑호에서

호수에 들어
의료원 지나 충혼탑

동란 때 호미 낫 들었다 목숨 잃은
안타까운 이름 새겨 넣은 비문 위로
물새 앉아 흥겹다

이 비 헹구면
탑 속의 사람 걸어 나올 것 같다

란도, 여도, 마양도…
천국에서 날아온
물새 한 마리 비문을 읽는다

검은 돌에 이름 박은'진손부치'라는 사람을 생각한다
거란이나 여진 혹 말갈, 발해 사람이었지 모를 그가
고려인들의 반공反共을 돕다가 목숨을 내주었을 것이다

복잡한 생각 없이 좋아하는 친구 따라 강남 왔다가

그저 그 친구를 돕다가 목숨을 져버린
남자들의 무모한 우정에 대해
생각해본다

우정이란 역사의 무엇인가

대포 고개를 넘으며

이 길은 두둑했다
걸음도 두둑했다
고갯마루에 서면 대포항이 쪽빛으로 달려왔다
웬일인지 슬그머니 고개가 내려앉더니 아무리 뒤꿈치
를 들어도
대포가 보이지 않는다

윤중국 선생이 세운 재건 중학 아이들이
보리를 꺾어 씹고 무밭 똥장군을 발로 차기도 했다

박중렬의 비망록을 주운 김원일이
'환멸을 찾아'나선 곳이다
김명기의 달뜨던 첫사랑이
'대포동 창'을 두드리던 곳이다

전복 미역 알 낳던 그 자리엔
소라 호텔 들어섰고
까까머리 일등병과 연애하던 언덕엔
가리비 호텔이 들어섰다

누이 발길 희붐하고
권커니 자커니 한 대포 두 대포
펄럭이던 알기를 내려다보던 언덕 아래는

놀래기 가자미를
시린 낮달로 썰어주던
여인들이 있었다

지금도
망망한 바다를 나서는 배들처럼
대포에는 가방 하나로 내리는 사람들 있다

옛날 김원일 김명기처럼 가방 하나 둘러메고
그저 여기쯤이다 싶어
대포항에 내리는 사람들 있다

동명동 터미널 아리아

예쯤 온 사람들은 새로운 시동을 걸어야 했다
법원 뒷길 고물상 지나온 사람들은 명태를
갯배 건넌 사람들은 마른오징어를
중앙시장 양길이는 야반도주한 아내의 주소를 들었다

금강운수 강원여객에서 내린 사람들은
서울서 대구서 부산에서 왔다

지린내 코 찌르는 변소 건너
매표원 아가씨는 똑딱똑딱 껌을 잘 씹었다

버스는 집집이 서주지 않았다

새벽 첫차
서둘러 돌아오고픈
간성 양양 사람들은
근처에 쪽방 하나 두고 싶었다

밤늦은

대전 목포사람들도
근처에 쪽방 하나 두고 싶었다

버스는 집집이 서주지 않았다

수복탑 가까운 여기
등대 가까운 여기쯤
쪽방 하나 두고 싶었다

즐비했던 여인숙
꿈꾸던 쪽방

사글 사글 늙던
사람들이 있었다
늦은 운전수와 샛별 안내양이 있었다

화진포 안개

안개는 여관에 들지 않는다
산바람 베고
물비늘 덮고 호수에서 잠든다

매봉에 올라
북으로 난 길을 바라보며
무겁게 비친 염분을 바래기도 하고

호수가 싱겁게 웃는 날은 먼 바다로 나가
소금을 실어와 부린다

매봉 너머 거진항에는 여관이 많다
여관은 길 끊긴 사람들의 집
고향 떠나와
돌아가는 길이 끊긴 사람들의 집

안개는 여관에 들지 않는다
거진항에서 소금을 싣는 날에도
술 좋은 거진에서 휘청거리지 않는다

간간해도 싱거워도 안 되는 호수에
오늘 누구신가
소금을 보태셨나

안개는 소금을 끌고
매봉에 오른다

안개는 여관에 들지 않는다
산바람 베고
물비늘 덮고
호수에서 잠든다

두 얼룩

한 번 먹은 마음
쉽게 지우지 못해
얼룩
얼룩을 본다

어떤 부자가 목욕탕이었던 땅을
싼값에 사는 걸 보았다

그러나
불 때던 자리를 없애는데
몸을 담그던 자리를 지우는데
돈이 너무 많이 들어간다며
후회하는 걸 보았다

어떤 부자가 주유소였던 땅을 헐값에 샀다며
좋아했다

그러나
땅 깊이 스민 기름때를 지우면서

땅을 잘못 샀다고
후회하는 걸 보았다

얼룩진 땅들은
물방울 불방울
방울방울 나누어 주었다

얼룩들은
씻고
밥 짓는 사람들 위해

병원 한 번 가지 않았다
소풍 한 번 가지 않았다

어느 경로당의 입춘대길立春大吉

북어 한 마리 신문지에 올리고
홍동백서, 좌포우혜, 조율이시 둘러앉아
심심해진 막걸리 초헌, 아헌, 종헌 돌리고
쉬엄쉬엄 첨잔도 멈추지 않는 경로당

탕은 재탕 삼탕 끓여야 제맛인지라 들어도 들어도 자
꾸 구수해지는
이승의 전설들

오늘은 벼르던 생활 규칙을 하나 만들어야겠다며
겨우내 분분하던 의견 하나 만장일치로 가결하는
귀여운 노인 열댓

그 약속 잘 지키자며 건배를 외치는 귀여운 노인들
"우리끼리 연애하다 들키면 벌금 오만 원!"
하여튼 여하튼 경로당 회원들끼리는 연애하면 절대 안
된다는
결의의 음복 잔을 돌리는
귀여운 노인 열댓

살구

함경도 깊고 깊은 두메 손자 낳아 몸조리하러 온 딸을
위해 아버지는 기르던 누렁이를 잡았다지 누렁이 탕을
먹던 딸이, 정들었던 누렁이에게 미안하고 아버지에게
미안한 딸이 그만 체하고 말았다지 친정엄마 맨발로 뛰
어나가 터앝에 주렁주렁 탐스럽게 열린 살구 하나를 뚝
따다 먹였다지 딸의 목에 걸렸던 그 누렁이, 짖지도 않고
울지도 않고 쑥, 쑥 내려갔다지 그 새콤달콤한 살구殺狗

얼음이 강바닥부터 언다면

얼음이 강바닥부터 언다면
풀씨들은 어디서 겨울을 나야 할까?
낙엽들의 낙하는 누가 안아 내릴까?

얼음이 강바닥부터 언다면
미꾸리, 송사리 헤엄은 어디에서 꺼내야 할까?
뻐꾸기 종다리 울음은 어디에서 꺼내야 할까?

얼음이 강바닥부터 언다면
벌 나비는 어디서 꿀잠을 잘까?
버들개지 휘어 쓴 연서는 어디서 부쳐야 할까?
그 연서를 언제쯤
산딸기 노랑 참외가 읽을까?

얼음이 강바닥부터 언다면
함박눈은 어떻게 흩날리고
소나기는 어디서 물을 길을까?

살얼음 어는 강가에 서면

찬바람에 일어서는 강의 꽃잎들 보인다

살얼음이 꽃이 되어
아래로 아래로
강바닥을 안아 내리는 것이 보인다

매형

명절도 오래되어
늙은 고향 사람들 같이 온다
반가운 누이 뒤로 느티나무 같은 사람 걸어 나오고
요강 뚜껑 같은 소반에 둘러앉으면
옛집은 웃음을 잣는 물레방앗간

어둠도 덩달아 달빛 한턱 내어놓으면
아늑해지는 뒤란 장독대

쉬 쉰내를 내는 부침개를 담는
소쿠리 같은 사람
바람 숭숭 잘 통하는 소쿠리 같은 사람

누이가 들어 앉아 이제껏 쉰내 없이 살아온
소쿠리 같은 사람

사랑

새는 허공이 물인 줄 알고
허공에 알을 낳는다
물고기는 물이 허공인 줄 알고
물에 알을 낳는다

나는 당신에게
당신은 나에게

우리는
서로의 지상至上에 알을 낳는다

옆이라는 무덤

꽃 핀 칫솔, 부러진 안경
그들에게 '이젠 끝이야' 라고 말해 주지 못해
그저 슬그머니 밀어 두곤 했다

늘 궁금했다
언제 저들에게
'이제 끝이야' 라고 말해야 하는지

한때 나를 잘 따르던
보글보글 거품들
한때 가장 먼 밖을 내다보던 나의
창에게
그동안 참 고마웠다는 말을……

오늘 이 빠진 접시 하나를
찬장 구석으로 밀 때
들릴락 말락 작은 소리를 들었다

'그래 이별이란, 그래 슬쩍

그렇게 옆으로 미는 거지'

그래, 그렇게 슬쩍 미는 것
세상에서 가장 잔혹한 무덤
옆이라는 무덤

바다 바라보는 법

사랑하는 사람과 오래 사는 일은
한때 뜨개질을 좋아했고 한때 사과를 좋아했고
한때 봄을 좋아하던 사람과 사는 일은
바다로 가는 일

오래라는 것이 모래라는 것을 알게 될 때쯤
살아온 날들이 모래 더미라는 것을 알게 될 때쯤
그 사람이 파도라는 것을 알게 되는 일이라고

같이 사는 일은 파도가 되는 일이라고
함께 바다가 되는 일이라고
바다가 보이는 데에 올라
모래들의 푸른 작문을 읽는 일이라고

아주 오래전
갈매기가 되고 싶었을 사람을 내가 여직
붙들고 있는 일이라고

산다는 것은 바다로 가는 일

오래된 사람을 바다로 데려다주는 일
그 사람을 갈매기로 날려 주는 일
갈매기 날게 해주는 일이라고

저녁의 일

해거름에 저녁의 목소리
차가움과 어두움을 부르는 나지막한 소리
둘을 부르는 일이 저녁의 첫 일이지

늦도록 서있을 가등도 부르지
달빛도 느티나무도 부르지
불러 나지막이 말하지

저녁이 말하는 곳으로
차가움이 먼저 나서지
볕이 닿지 않은 곳이 어딘지
어둠도 따라나서지
빛이 닿지 않은 곳은 어딘지

어두움이 먼저 나서지
강물보다 깊은 광장으로
차가움도 따라나서지
어둠보다 깊은 골목으로

차가움이 얼음 되지 않도록
어두움이 어둠 되지 않도록

둘이 손잡고 나서지
달빛도 느티나무도 따라나서지

해거름에
저녁의 목소리 들리지

저녁을 보았습니까

저녁을 보았습니까

사람들이 자신들의 산에서 계곡에서
걸어 나오는 시간
그 사람들을 안아 주는
어스름을 말입니다

아침이 튕긴 불꽃으로
세상 모든 것이 금화가 되는
한낮의 마술을 지나면

나의 저녁은
갖은 보화로 가득해집니다
하루 한 번 나로 가득해지는 강물

강물이 차거나 뜨겁지 않은 건
내가 나로 가득해지기 때문이지요

오늘 저녁 배가 뜹니다

나를 나에게로 실어 가는 배

나를 가득 실은
그 배가 뜨는
저녁을 보았습니까

4 부

우리들

신대륙 '아침 9시'

아홉 시가 되었습니다
귀국으로 입국을 허락해 주시겠습니까?
꿈꾸는 신대륙 아침 9시
오늘 하루를 기안해 올립니다

콜럼버스, 마젤란의 추천서를 받아 오면
입국을 허락하시겠습니까?

당신이 가라시면 마그마로
출장을 가겠습니다
돌을 삼켜 꽃을 만들겠습니다

결근, 지각, 조퇴도 않겠습니다
받아만 주시면
당신을 업고 다니겠습니다

제발 당신들의 '아침 9시'
그 신천지로
입국을 허락해 주시면 고맙겠습니다

이름을 써내며

내 이름이 왜 나냐고
왜 내가 나의 이름이냐고
묻는다

이름아, 너 왜 나인지 실토하라

내가 나라고
시험지에 영수증에 모래밭에…
수없이 써낸 그들은 왜 아직 입을 다물고 있나

헬 수 없는 약속과 만남
사랑과 이별에 앞장서던 나의 이름

얼굴 뒤에 너는 누군지
이름 뒤에 너는 누군지

실토하라 이름이여
너는 왜 나인가

하이힐

똥을 밟지 않기 위해 만들어진 신발이 있다
하이힐

온통 똥이었던 시대가 있었다는 말이다
지금도 하이힐이 되똑거린다
아직 온통 똥이라는 이야기다

똥 밟지 않는 기술이 좋아지고 있다
하이힐도 좋아지고 있다
똥도 좋아지고 있다

슬리퍼로 산을 오르거나
등산화로 이웃집을 다니거나
맑은 날 장화를 신거나
짐승의 가죽을 신고 다니는 사람들도
똥을 밟기 싫어서일 거다

똥을 밟지 않으려는 유행은 계속될 것이고
하이힐도 더욱 하이해질 것이다

똥도
더욱 좋아질 것이다

6월 수첩

시골 학교 선생님이구요, 6월 이구요,
장미들이 담장과 울타리들을 어디로 데려갔는지요
625가 일어났었다는 것이 믿기지 않습니다

아이 둘을 데리고 읍내에 나왔다가 점심을 먹습니다
참 오랜만에 아이와 밥을 먹습니다
밥맛이 좋으니 서로가 좋아집니다

그동안 밥만 보았지 밥 먹는 모습은 잘 보지 못했습니
다
바쁘고 힘들다는 핑계로 말이죠
호젓하게 소풍 나온 영화 주인공처럼 밥을 먹습니다

아이의 입이 그렇게 예쁜 동그라미인 줄 몰랐습니다
참 예쁘게 옴죽거리는 동그라미들

지금 밥맛이 좋으니, 참 좋으니
내 입도 그렇게 동그라냐고 묻고 싶어집니다
묻고 싶어집니다

밥맛이 좋으니, 참 좋으니
자꾸 묻고 싶어집니다

철모

철에 모가 나면 전쟁이 시작됩니다
철이 몸 둥글게 휘어
모자를 만든 까닭은

철없는 일 그만두고 소풍 가자는 겁니다
둥근 모자 쓰고 소풍 가자는 겁니다

총소리를 녹음하다

총소리를 녹음한다
처음 총을 만들고 그 총 앞에 가슴을 연 그 사람처럼

저 소리만 잘 녹음해 둔다면
총 없이도
부질없는 것들의 숨을 끊어 놓을 수 있겠다

아름다움은 세상의 과녁
모든 아름다움은 총을 가지고 있다
자신을 겨눈 총을 가지고 있다

가끔은 나도
엘비라 마디간처럼 절명하고 싶을 때가 있는 거다

단지 오늘도
그 앞에 열어젖힐 가슴이 없어
어제처럼 사는 것일지 모른다

송해 씨 덕분에

한 사람의 생애를 반백 년 넘도록 중계한 예는 없었다
그럴만한 사람도 드물고
그럴만한 생애도 드물다

할아버지가 지어준 복희라는 이름 덕일까
바람 받지 않을 작달막한 몸피 덕이었을까

일요일의 남자 송해 씨가
'전국 노래자랑'을 외치며
삼천리 방방곡곡을 불러내면
우리는 모두 우수상 최우수상 후보가 되곤 하는데

무대에 오른
이모 고모 삼촌 조카 당숙이 춤추고
돌 백일 집들이 시집 장가가 춤추고
오대양 육대주 잔치가 되는데

송해 씨보다 젊다
송해 씨보다 목이 길다는 이유만으로

상을 받게 될지도 모른다며

일주일에 한 번 운수 좋으면
우리들의 생애도 인기상 장려상쯤은 될 거라는
딩동댕딩동
그런 꿈을
송해 씨 덕분에 꾸는 것이다

잡담의 경계

우리 여기 그리고 지금
이렇게 셋만 힘을 모으면

힘을 모을 것도 없지
입을 모으면

입을 모을 것도 없지
그저 눈짓만으로도

저기 저 꽃밭에 흐드러진 꽃들을
저기 저 담 밖으로 돌려

온 세상을 꽃밭으로 만들 수 있지
많이도 필요 없지

우리 여기 지금의 눈짓만으로도
세상을 꽃으로 덮을 수 있지

옷 이야기 하나

크리스찬 디올, 마크 제이콥스
비비안 웨스트우드, 마우치아 프라다 등은

지구에서 가장 아름다운 옷은
휴고 보스가 만든
나치의 군복이라고 말합니다

희망을 포장한
가장 아름다운 보자기 중의
보자기라 말합니다

그러나
실제
나치 제복은

아우슈비츠 수용소의 포로들과 집시들이
만들었습니다

손톱

스위치들이
내 삶의 버튼들이
on, off
내 몸에 장착되었다

알아서 켜고
알아서 끄라고

밥, 꿈, 사랑 이런 것들이
차고 넘치지 않도록
잘 알아서 켜고 끄라고

내가 벽壁임을 알고는
하나도 아니고

열, 스물 그렇게나
돋은 것이다

부상이라는 말

해가 떠오르는 곳
해가 떠오르는 것
이것을 부상이라 하던가

미끄러져 부상을 당했다
아팠다
많이 아팠다

아픈 자리에서 욱신욱신
무엇이 떠오르는 느낌을 받았는데
거기에 아마 해가 들었던 모양이다

솔개

솔개, 가맣게 하늘에 떴다
어느 높이에 이르면
날개만 펼쳐도 그저 떠 있을 수 있는
광장이 있다

가자미

가자미 꼿꼿이 몸을 세우고 있다
아무리 세워도 세워지지 않는 키
뒤꿈치 들어도 커지지 않는 키

아주 깊은 곳에는
세우고 높이는 게 아무짝에 쓸모없는
사방팔방이 모두 옆인
그 옆을 만들어내는 물고기가 있다

깍두기

꽃
붉은 무꽃

꼭대기에서 희룽거리거나
가녀린 모가지들 비틀어 올라앉지 않은
한 접시
꽃

꽃이라서 미안하다는
꽃인 척해서 미안하다는

붉은 자백
한 접시

심장 心葬

내가 죽는다면 당신의 가슴에 묻힐 겁니다

지금 내가 죽습니다

당신 가슴에 묻힙니다

진달래

나이테를 지운 꽃나무

혹여 피리가 될까
혹여 나팔이 될까

혹여 노래가 될까
춤이 될까
춤추게 될까
두려움에
나이테를 지운 꽃나무

중심을 향한 돎이 있어야
노래가, 춤이 될 수 있다는
공공연한 비밀을 저만 아는 척
슬쩍 나이테를 지운

하여,
꽃들이 앞다투는 오월을 피해
슬쩍 피었다 지는 꽃

혹여 피리가 될까
혹여 나팔이 될까
두려움에

한사코
산비탈 산그늘을
슬쩍
돌다 지는

Sweet치齒

벽 한 귀퉁이에 매달려
때를 기다리는

때들은
장갑을 껴도
씻어도 닦아도
얼룩얼룩 남아

어디서 무얼 했는지
딸깍, 불을 켤 때마다
밝혀지는 소망들

언젠가 Sweet한 것들이 모이면
꼭꼭 깨물어 줄 거라는…

꼴깍, 숨넘어갈 듯
웃는 날이 올 거라는

그 날이 올 거라

딸깍딸깍 꼴깍꼴깍

벽에 매달려
달콤한 꿈을 꾸는

Sweet치齒

해설

'사람'에 대한, '삶'에 관한,
'사랑'을 향한 시
— 박대성의 시 세계

권 온(문학평론가)

1.

박대성은 1959년 강원도 속초 출생으로 현재 초등학교 교감으로 재직 중이다. 그는 2001년 강원일보 신춘문예에 『수선집』을 발표하며 공식적인 시인의 이름을 얻었다. 시집 『아버지, 액자는 따스한가요』는 '아버지'와 '어머니', '이웃들'과 '우리들'에 주목하는 따스함의 결정체이다. 우리가 이번 시집에서 각별하게 눈여겨볼 시편으로는 「밟았을 때」「아버지, 액자는 따스한가요」「달력을 얻으러 다니던 시절이 있었다」「참 좋은 아저씨였다」「마주 본다는 것」「첫 키스」「손의 소망」「살구」「바다 바라보는 법」「송해 씨 덕분에」「부상이라는 말」 등이 있다. 이제 그의 시에서 사람과 삶과 사랑을 확인할 시간이다.

2.

밥풀을 밟았다
미끈, 물큰, 그저 만만히 밟히는 밥풀
납닥해진 밥풀이 다시 원래의 모양을 고집하지는 않았다
눌리킨 대로 그대로 누름을 받아들일 뿐인

늦은 하루에서 돌아오는 아버지의 허리를
꾹꾹 밟아드리다가 물큰
속살을 밟은 느낌
사람을 밟은 느낌

희미하나마 저항은커녕
밟으면 밟힌 대로 시원하다고 하시던 아버지가
늦은 저녁이면 돌아오곤 했다
납닥한 밥풀 하나가 걸어 들어 오곤 했다
　　　　　　　　　　　　　　—「밟았을 때」 전문

박대성은 무언가를 '밟았을 때'를 이야기한다. 그가 밟은 것은 '밥풀'과 '아버지의 허리'이다. 밥풀의 주된 성질은 "원래의 모양을 고집하지" 않고 "눌리킨 대로 그대로 누름을 받아들"인다는 점에 위치한다. 아버지의 허리는 "저항은커녕/ 밟으면 밟힌 대로 시원하다고" 반응했다는 점에서 밥풀과 상통한다. 시인이 늦은 저녁에 귀가하는 아버지를 "납닥한 밥풀 하나가 걸어 들어 오곤 했다."로 묘사할 때 독자들은 다양한 상념에 젖어들게 된다. 왜 아버지는 무언가를 '고집'하지 않고, 무언가에 '저항'하지 않는 삶을 살게 되었을까? 아버지는 아내와 자식을 생각하면서 '밥풀' 같은 자세로 누름을 받아들이고, 밟힘을 수용하며 살았던 건 아닐까?

집이 좁았다
삼 형제가 여섯이 되고 여섯이 다시 불어 열둘이 되는 건 행복한 인구론이다
명절이 되면 집이 부었다 막걸리를 받은 증편이 불듯 집이 부어올랐다
아버지도 부어올랐다
세상의 포화에 당당히 맞서던 아버지
아버지는 부어오른 참호였다

집이 좁았다

부어오르던 아버지가 서둘러 액자로 들어가셨다 창 하나
로 지은 아버지의 집이 겅중 허공에 걸렸다 그 공중의 망
루가 마음에 드시는지 연신 웃으신다

아버지가 비운 자리는 고스톱판이 윷판이 서고 둥근 술
상이 놓이기도 한다

망루에서 내려온 아버지가 다시 도리도리 곤지곤지를 배
우는 사이 애기똥풀이 피었다 진다

참 넓고 깊은 아버지의 자리
아버지, 액자는 따스한가요?

— 「아버지, 액자는 따스한가요」 전문

2회 제시되는 "집이 좁았다"라는 진술은 '가난'을 의미
하겠다. 좁은 집에 사람들이 들이닥치니 "집은 부어올
랐"고 "아버지도 부어올랐다" 시인의 기억 속에서 아버
지는 "세상의 포화에 당당히 맞서던" 사나이였고 "부어
오른 참호"였다. '포화砲火'나 '참호塹壕'라는 어휘를 활용
함으로써 아버지는 용자勇者가 된다.

유감스럽게도 계속 "부어오르던 아버지"는 "서둘러 액
자로 들어가셨다" 시인은 아버지의 죽음 또는 부재를 유
머러스하게 표현한다. "창 하나로 지은 아버지의 집"이
나 "겅중 허공에 걸렸다" 또는 "그 공중의 망루가 마음에

드시는지 연신 웃으신다" 등의 표현에는 슬픔을 따스하게 감싸는 웃음의 힘이 가득하다. 박대성의 언급처럼 "아버지의 자리"는 "참 넓고 깊은" 것일 테다. 그런 까닭에 "아버지, 액자는 따스한가요?"라는 시인의 질문은 독자에게 공감과 진정眞情의 울림을 전달할 게다.

　　연말이면 아버지는 은행, 약국, 백화점을 돌며 달력을 얻으러 다녔다
　　마치 자신이 주문한 물건을 찾으러 다니는 사람처럼 의기양양
　　때 묻지 않은 시간을 찾으러 다녔다
　　하지만 아버지가 얻고픈 시간들은 쇼윈도에서 반짝일 뿐 얻어 올 수 없었다
　　단골이 아니라는 까닭이었다

　　아버지가 얻어 오는 것은
　　참이슬, 처음처럼 같은 술 회사나 잡화점 달력들이었다
　　때문이었는지 집은 늘 시끌벅적 시장통 같았다
　　달력들은 사시사철 꽃바람 비키니를 입고 가족들을 응원하였다
　　덕분에 식구들은 무럭무럭 가족이 되었다

아버지가 얻어온 달력들이 벽에 걸리면
집은 방금 도배를 마친 것처럼 화사해지고
식구들의 눈동자는 네온사인처럼 반짝였다

찬바람이 불면 아버지는 달력을 얻으러 다녔다
　　　　　　　—「달력을 얻으러 다니던 시절이 있었다」 전문

　최근에는 상황이 달라졌으나 한때 우리에게는 "달력을
얻으러 다니던 시절이 있었다" 이 시에 등장하는 "아버
지"처럼 우리는 "연말이면" 또는 "찬바람이 불면" "은행,
약국, 백화점을 돌며 달력을 얻으러 다녔다" 달력을 얻
으러 다니던 시절을 기억하는 사람들은 중년中年이나 연
륜年輪이라는 어휘가 어울리는 이들일 것이다.

　박대성은 '달력'을 "때 묻지 않은 시간"으로 치환함으
로써 은유를 활용하는 시인으로서의 면모를 유감없이
보여주었다. 이 시의 '아버지'는 '은행'이나 '약국' '백화
점'의 달력 또는 시간을 얻으려고 하였으나 그는 은행이
나 약국, 백화점의 단골이 아니었으므로 "쇼윈도에서 반
짝"이는 그 시간을 "얻어 올 수 없었다." 대신 아버지가
가져온 것은 "술 회사나 잡화점 달력들이었다" '은행',
'약국' '백화점'의 달력을 얻지 못 하고 '술 회사'나 '잡화
점'의 달력을 가져왔다는 사실은 무엇을 의미하는가? 이

지점은 아버지의 능력 또는 역량의 한계를 보여주는 대목일 수 있다.

이 시의 강점은 '가족'이라는 단어를 중심으로 전개되는 긍정적인 세계관과 무관하지 않다. "술 회사나 잡화점 달력들" 때문일까? "집은 늘 시끌벅적 시장통 같았"으나, "달력들은 사시사철 꽃바람 비키니를 입고 가족들을 응원하였다" "덕분에 식구들은 무럭무럭 가족이 되었다" 또한 "집은 방금 도배를 마친 것처럼 화사해지고/ 식구들의 눈동자는 네온사인처럼 반짝였다" 은행, 약국, 백화점의 달력이 아님에도 불구하고 이 시의 "식구들은" "가족"이라는 이름으로 한데 뭉쳐서 가장家長으로서의 아버지를 믿고 있다. 이 시를 읽는 독자들은 그 믿음이 언제까지나 이어지기를 기원할 것이다.

생각해 보니 참 좋은 아저씨였다
아버지 심부름으로 그 빌딩에 갔는데
그 커다란 문을 열었는데
그 아저씨만 찾으면, 아저씨만 만나면 모든 게 좋아질
것 같아
　……
아저씨는 그저 묵묵히 내 말을 들어주었다
그리고 사무실 밖까지 따라 나와 어깨를 툭툭 쳐주며

140

'그래……' 그것이 전부였다

아버지 돌아가시고 몇 번은 더 그 아저씨를 찾아갔다 그
때마다

'툭툭, 그래……'가 전부였다

이후 내게는 아저씨를 찾아가는 비법이 생겼다

비법이란 그저 그 아저씨를 찾아가는 것일 뿐

아저씨는 변함없이 '툭툭, 그래……'였다

내게도 가끔은 누군가 찾아온다

나도 '툭툭, 그래……'한다

어쩌겠는가, 기대도 낙심도 말라는

'툭툭, 그래……'라는 말 밖에는

누군가를 찾아가 본다는 거

그것만으로도 희망이 되기도 하니까

'툭툭, 그래……'

참 좋은 아저씨였다

        ―「참 좋은 아저씨였다」전문

박대성의 시는 따스하고 은은하며 깊은 여운을 남긴
다. 인용한 시 역시 그러하다. 「참 좋은 아저씨였다」는

'어떤 아저씨'를 이야기하는 작품이다. 시의 화자 '나'는 "아버지 심부름"으로 "그 아저씨"를 알게 되었다. 아마도 아저씨는 아버지의 친구이거나 지인이었을 테다. 커다란 문을 단 빌딩에 있었던 아저씨는 "그저 묵묵히 내 말을 들어주었"고 "사무실 밖까지 따라 나와 어깨를 툭툭 쳐주며" "그래……"라는 말을 했을 뿐이다. 시간이 흐르고 세월이 지난 후, '나'는 "생각해 보니 참 좋은 아저씨였다"라는 결론에 도달한다.

'나'가 그 아저씨를 '참 좋은 아저씨'로 판단할 수 있었던 것은 '나'의 말을 들어주고 "툭툭, 그래……"라는 반응을 보여주었기 때문이다. 누군가의 말을 들어주고 응원과 격려의 반응을 보여주었다는 점에서 '나'는 그 아저씨를 '참 좋은 아저씨'로 규정할 수 있었다. 특히 아버지가 부재한 막막한 상황에서 그 아저씨로부터 받은 응원과 격려는 '나'에게 엄청난 도움이 되었을 게다. 시인에 따르면 우리는 "누군가를 찾아가 본다는" 행위에서 섣부른 "기대"나 "낙심"이 아닌 잔잔한 "희망"을 발견하기도 한다. 누군가에게 '희망'의 계기를 마련해 줄 수 있는 '참 좋은 아저씨', 우리도 한번 '참 좋은 아저씨'가 되고 싶다.

사람은 짐승과 달리
젖을 물리며 얼굴을 마주한다

서로 바라보며
나는 너의 숭고한 어미란다
나는 당신의 거룩한 새끼랍니다
어미의 젖은 뜨거운 분수처럼 솟는다

그러나 짐승들은
젖을 내어 줄 뿐 눈을 마주치지 않는다

그렇게 마주 보지 않아서 짐승은 제 새끼를 버리지 않는
다
마주 보지 않아도 더 큰 사랑이기에
마주 보지 않아도 서로를 버리지 않는다

마주 본다는 것은 어쩌면
등을 돌릴 수 있다는
서늘한 전제이기도 하다
　　　　　　　　　　　　　—「마주 본다는 것」 전문

　이 시는 '사람'의 본질적 속성을 파헤치는 수작秀作이
다. 박대성은 여기에서 '짐승'과 대비되는 '사람'의 본질

을 이야기한다. 시인에 따르면 사람은 짐승과는 달리 새끼에게 젖을 물릴 때 "얼굴을 마주한다" 곧 "눈을 마주" 친다. "서로 바라보"는 사람의 어미는 "숭고한 어미"이고, 서로 "마주 보"는 사람의 새끼는 "거룩한 새끼"이다.

사람의 어미와 새끼가 서로 얼굴을 마주하고, 눈을 마주 보는 광경은 아름답다. 아니 거룩하고 숭고하기까지 하다. 하지만 바로 이 대목에서 반전이 발생한다. 아름답고 거룩하고 숭고한 사람의 어미와 새끼는 "서로를 버"릴 수 있고, 서로에게 "등을 돌릴 수 있다" 반면 서로 "마주 보지 않"는 짐승의 어미와 새끼는 "마주 보지 않아도 더 큰 사랑이기에/ 마주 보지 않아도 서로를 버리지 않는다." 박대성이 추출한 "마주 본다는 것은 어쩌면/ 등을 돌릴 수 있다는/ 서늘한 전제이기도 하다"라는 이 시의 결론은 '짐승'과 대비되는 '사람'의 본질을 적확하게 포착한다.

원시, 아득한 원시
사냥에서 돌아오는 남자의
빈손으로 돌아오는 남자의
독식을 검사하는 일

빈손으로 돌아온 남자에게

혀를 넣어
식사의 흔적을 찾아내는 일

독식의 향기를 맡아 보는 일

—「첫 키스」전문

박대성은 '원시'를 그것도 '아득한 원시'를 상상한다. 시인의 상상을 다른 말로 바꾸면 '키스'를 그것도 '첫 키스'를 떠올리는 일과 같다. 시인에 따르면 현대인이 생각하는 '키스'와는 다른 의미가 원시에는 존재했다. 원시의 키스는 "사냥에서" "빈손으로 돌아오는 남자의/ 독식을 검사하는 일"로서 기능했다. 혼자서 음식을 먹고 빈손으로 돌아온 것은 아닌지, 아득한 옛날의 여자는 "혀를 넣어/ 식사의 흔적을 찾아내"고, "독식의 향기를 맡아 보"았을 것이라고 박대성은 가정假定한다. 시인의 상상은 구체적이고 개성적이어서 힘이 넘치고 이는 이 작품의 매력이 된다.

손이 가장 하고 싶은 일은
쥐고 만지는 일이 아니다

허공에 자신을 두고 싶은 거다

새처럼 구름처럼
내리는 비처럼

무한 허공
자신이 원하는 자리에 있고 싶은 거다

이리 오라는, 다시 만나자는
손짓들처럼

눈부시다, 너무 좋다는 손짓들처럼

간절한 말들은 대부분
허공에 있다

손은
그 간절한 자리에 있고 싶은 거다

—「손의 소망」 전문

'사람의 팔목 끝에 달린 부분으로서 손등, 손바닥, 손
목으로 나뉘며 그 끝에 다섯 개의 손가락이 있어, 무엇
을 만지거나 잡거나 한다.'고 알려진 것이 '손'이다. 박대
성은 손에 관한 이와 같은 사전적 정의에 전적으로 동의

하지는 않는다. 그에 따르면 손은 "쥐고 만지는 일"도 하지만 그것이 "손이 가장 하고 싶은 일은" 아니다. 시인은 손이 "허공에 자신을 두고 싶"어 한다고 이야기한다. 그에 의하면 손은 "새처럼 구름처럼/ 내리는 비처럼" 되기를 원한다. 박대성은 손이 "무한 허공"에서 "이리 오라는, 다시 만나자는" "눈부시다, 너무 좋다는" 같은 "간절한 말들"을 하고 싶다는, "그 간절한 자리에 있고 싶"다는 해석을 시도한다. 박대성의 시 「손의 소망」을 읽으며 누군가는 로댕의 조각 〈대성당〉(La Cathedrale)을 떠올릴 수 있을 테다.

함경도 깊고 깊은 두메 손자 낳아 몸조리하러 온 딸을 위해 아버지는 기르던 누렁이를 잡았다지 누렁이 탕을 먹던 딸이, 정들었던 누렁이에게 미안하고 아버지에게 미안한 딸이 그만 체하고 말았다지 친정엄마 맨발로 뛰어나가 터 앞에 주렁주렁 탐스럽게 열린 살구 하나를 뚝 따 먹였다지 딸의 목에 걸렸던 그 누렁이, 짖지도 않고 울지도 않고 쑥, 쑥 내려갔다지 그 새콤달콤한 살구殺狗

—「살구」전문

단순하고 소박하면서도 본질적인 시가 여기에 있다. 이곳에는 높고 심오한 사유도 없고 치열하거나 열정적인 태도도 보이지 않는다. 다만 '살구'라는 표현을 중심에 두고 어떤 이야기가 전개되고 있을 뿐이다. 그 이야기에는 '딸'과 '아버지'와 '(친정)엄마' 그리고 '누렁이'가 등장한다. '아버지'는 "손자 낳아 몸조리하러 온 딸을 위해" "기르던 누렁이를 잡았다" 곧 '살구殺狗'를 했다. '엄마'는 누렁이를 먹다 체한 딸을 위해 "맨발로 뛰어나가 터앝에 주렁주렁 탐스럽게 열린 살구 하나를 뚝 따다 먹였다" 이 시에서 '살구'라는 하나의 표현은 두 개의 의미를 내포함으로써 독자의 읽는 재미를 북돋운다. 시詩라는 게 결국 언어 예술임을 감안할 때, 박대성의「살구」는 본질적인 국면을 관통하는 시가 아닐 수 없다.

사랑하는 사람과 오래 사는 일은
한때 뜨개질을 좋아했고 한때 사과를 좋아했고
한때 봄을 좋아하던 사람과 사는 일은
바다로 가는 일

오래라는 것이 모래라는 것을 알게 될 때쯤
살아온 날들이 모래 더미라는 것을 알게 될 때쯤
그 사람이 파도라는 것을 알게 되는 일이라고

같이 사는 일은 파도가 되는 일이라고

함께 바다가 되는 일이라고
바다가 보이는 데에 올라
모래들의 푸른 작문을 읽는 일이라고

아주 오래전
갈매기가 되고 싶었을 사람을 내가 여직
붙들고 있는 일이라고

산다는 것은 바다로 가는 일
오래된 사람을 바다로 데려다주는 일
그 사람을 갈매기로 날려 주는 일
갈매기 날게 해주는 일이라고

　　　　　　　　　　　　　— 「바다 바라보는 법」 전문

　이것은 '사람'에 대한, '삶'에 관한, '사랑'을 향한 시이
다. 박대성은 여기에서 "사랑하는 사람과 오래 사는 일"
에 대해서 이야기한다. 시인에 따르면 누군가와 "같이
사는 일은 파도가 되는 일"이고 "함께 바다가 되는 일"이
다. 그에 의하면 사랑하는 이와 오래 사는 일은 "아주 오
래전/ 갈매기가 되고 싶었을 사람을 내가 여직/ 붙들고
있는 일"이고 "오래된 사람을 바다로 데려다 주는 일"이
며 "그 사람을 갈매기로 날려 주는 일"이자 "갈매기 날게

해주는 일"이다.

　박대성에 따르면 누군가와 오래 살았다고 할 때 "오래라는 것"은 사실 "모래"에 불과한 것이고 우리는 "살아온 날들이 모래 더미라는 것"과 "그 사람이 파도라는 것"을 알아야 한다. 시인은 '바다'와 '모래'와 '파도'와 '갈매기'를 활용하여 사람에 대하여, 삶에 관하여, 사랑을 향하여 나아가는 중이다. 박대성은 이 시에서 누군가를 사랑한다면 그 사람을 있는 그대로 존중하고 다만 바라보아야 한다고 이야기하는지도 모른다. 그것은 어쩌면 조성진이 연주하는 라흐마니노프 피아노협주곡 2번을 들으며 진한 에스프레소를 마시는 일과 같을지도 모른다.

　　　한 사람의 생애를 반백 년 넘도록 중계한 예는 없었다
　　　그럴만한 사람도 드물고
　　　그럴만한 생애도 드물다

　　　할아버지가 지어준 복희라는 이름 덕일까
　　　바람 받지 않을 작달막한 몸피 덕이었을까

　　　일요일의 남자 송해 씨가
　　　'전국 노래자랑'을 외치며
　　　삼천리 방방곡곡을 불러내면

우리는 모두 우수상 최우수상 후보가 되곤 하는데

무대에 오른
이모 고모 삼촌 조카 당숙이 춤추고
돌 백일 집들이 시집 장가가 춤추고
오대양 육대주 잔치가 되는데

송해 씨보다 젊다
송해 씨보다 목이 길다는 이유만으로
상을 받게 될지도 모른다며

일주일에 한 번 운수 좋으면
우리들의 생애도 인기상 장려상쯤은 될 거라는
딩동댕딩동
그런 꿈을
송해 씨 덕분에 꾸는 것이다

—「송해 씨 덕분에」 전문

　1927년에 태어난 송해末海는 졸수卒壽 곧 90세를 넘긴
현재까지도 〈전국노래자랑〉을 진행하고 있다. 그의 본
명인 송복희末福熙에 남다른 '복福'이 담겨있기 때문일까?
송해는 1955년 가수로 데뷔한 이래 반세기가 넘는 기간

동안 쉼 없이 활동하고 있다. 특히 그가 진행하는 〈전국
노래자랑〉은 1988년 5월 이후 30년이 넘는 세월을 힘차
게 견디고 있는 중이다.

박대성의 시 「송해 씨 덕분에」는 방송인 송해와 그가
진행하는 대한민국 대표 장수 프로그램 〈전국노래자랑〉
을 작품의 모티프로 활용한다. 시인에 따르면 "송해 씨
덕분에" "우리는 모두 우수상 최우수상 후보가 되곤" 한
다. "무대에 오른/ 이모 고모 삼촌 조카 당숙이 춤추고/
돌 백일 집들이 시집 장가가 춤추고/ 오대양 육대주 잔
치가 되는데" 결정적인 기여를 하는 이가 "송해 씨"인 게
다.

나이 많고 목이 짧은 송해 씨보다 누군가는 젊고 누군
가는 목이 길기 때문에 "상을 받게 될지도 모른다"는 기
대를 하며, "일주일에 한 번 운수 좋으면/ 우리들의 생애
도 인기상 장려상쯤은 될 거라는/ 딩동댕딩동/ 그런 꿈
을/ 송해 씨 덕분에" 꿈꿀 수 있다고 박대성은 이야기한
다. 시인에 의하면 '송해 씨'의 '전국 노래자랑'은 팍팍하
고 불안한 삶을 영위하는 현대인들에게 가벼운 꿈을 꿀
수 있는 가능성을 전달한다는 점에서 유의미하다. 시인
의 밝은 눈이 포착한 이 발견은 우리네 삶을 노래와 춤,
웃음과 잔치로 이끄는 비타민이다.

해가 떠오르는 곳

해가 떠오르는 것

이것을 부상이라 하던가

미끄러져 부상을 당했다

아팠다

많이 아팠다

아픈 자리에서 욱신욱신

무엇이 떠오르는 느낌을 받았는데

거기에 아마 해가 들었던 모양이다

　　　　　　　　　　 ―「부상이라는 말」 전문

　앞에서 우리는 박대성의 시 「살구」를 고찰하면서 단순
하고 소박하면서도 본질적인 시라고 언급하였다. 또한
언어 예술로서의 시의 본질적 국면을 관통한다는 이야
기도 덧붙인 바 있다. 「부상이라는 말」 역시 유사한 관점
에서 논의할 수 있는 작품이다. 「살구」가 '살구'라는 하나
의 표현에 두 개의 의미를 내포함으로써 독자의 읽는 재
미를 북돋웠듯이, 「부상이라는 말」 역시 '부상'이라는 하
나의 표현에 두 개의 의미를 내포함으로써 독자의 흥미

를 배가한다.

　박대성은 이 시에서 '부상扶桑'과 '부상負傷'을 겹쳐 읽을
수 있는 '기지機智'를 발휘한다. 전자前者의 부상은 "해가
뜨는 동쪽 바다"를, 후자後者의 부상은 "몸에 상처를 입
음"이라는 의미를 가리킨다. 시인은 무관하게 보이는 두
개의 '부상'을 리드미컬하게 연결함으로써 '말'을 다루는
'장인匠人'으로서의 시인의 면모를 뚜렷하게 부각한다. 곧
그는 "미끄러져" 생긴 부상의 "아픈 자리에서 욱신욱신/
무엇이 떠오르는 느낌을 받았"고, 이를 "해가 떠오르는
곳" "해가 들었던" 자리로 연결한다. 반복과 변주라는 시
의 대표적인 기법을 '말'이라는 매체에 접목함으로써, 박
대성은 쉬이 잊을 수 없는 강렬한 작품을 독자들에게 소
개하고 있는 셈이다.

　3.

　우리는 박대성의 시집 『아버지, 액자는 따스한가요』를
함께 살펴보았다. 이번 시집에서 시인의 개성을 확연하
게 보여줄 수 있는 열한 편의 시를 엄선하였으니, 「밟았
을 때」「아버지, 액자는 따스한가요」「달력을 얻으러 다

니던 시절이 있었다」「참 좋은 아저씨였다」「마주 본다는 것」「첫 키스」「손의 소망」「살구」「바다 바라보는 법」「송해 씨 덕분에」「부상이라는 말」등이 그것의 구체적인 이름이었다.

「밟았을 때」을 읽으며 우리는 시 속의 아버지가 아내와 자식을 생각하면서 '밥풀' 같은 자세로 누름을 받아들이고, 밟힘을 수용하며 살았을 것이라는 추측에 도달하였다. 「아버지, 액자는 따스한가요」에서 독자는 "아버지, 액자는 따스한가요?"라는 시인의 질문을 공감과 진정眞情의 울림으로 해석할 수 있다. 「달력을 얻으러 다니던 시절이 있었다」의 강점은 '가족'이라는 단어를 중심으로 전개되는 긍정적인 세계관과 관련된다. 「참 좋은 아저씨였다」는 따스하고 은은하며 깊은 여운을 남기는 박대성 시의 개성을 보여준다. 「마주 본다는 것」은 '짐승'과 대비되는 '사람'의 본질을 적확하게 포착하였다.

시인의 상상은 구체적이고 개성적이어서 힘이 넘치고 이는 「첫 키스」의 매력이 된다. 「손의 소망」에서 박대성은 손에 관한 사전적 정의에 동의하지 않는다. 그의 시를 읽으며 누군가는 로댕의 조각 〈대성당〉(La Cathedrale)을 떠올릴 수 있을 테다. 「살구」는 단순하고 소박하면서도 본질적인 시이다. 「바다 바라보는 법」은

'사람'에 대한, '삶'에 관한, '사랑'을 향한 시이다. 시인이 「송해 씨 덕분에」에서 발견한 '송해 씨'의 '전국 노래자랑'은 팍팍하고 불안한 삶을 영위하는 현대인들에게 가벼운 꿈을 꿀 수 있는 가능성을 전달한다는 점에서 기억할 만한 시이다. 박대성은 「부상이라는 말」에서 '부상扶桑'과 '부상負傷'을 겹쳐 읽을 수 있는 '기지機智'를 발휘한다.

박대성은 '아버지'와 '어머니' '이웃들'과 '우리들'에 주목하는 따뜻한 시인이다. 그는 소박하면서도 본질적인 시를 쓰고, '사람'에 대한, '삶'에 관한, '사랑'을 향한 시를 쓴다. 긍정적인 세계관과 꿈을 펼칠 수 있는 가능성을 보여준다는 점에서 박대성의 시는 매력적이다. 구체적이고 개성적이며 힘이 넘치는 시인의 시 세계는 한국 시에 없어서는 안 될 긴요한 자양분이다. 앞으로도 박대성 시인의 시가 크고 넓게 뻗어 가기를, 깊고 멀리 나아가기를 진심으로 기원한다.